AF253137

# POÉSIES DIVERSES,

*Par M. le Chevalier DE BONAFFOS DE LATOUR, Capitaine au Régiment de Vexin.*

## A METZ,

Chez JOSEPH ANTOINE, Imprimeur ordinaire du Roi.

M. DCC. LXXVIII.

*AVEC PERMISSION.*

# AVERTISSEMENT.

CES diverses pieces de Poésie sont un hommage que je rends à la Religion, cette Reine des cœurs, à ma Patrie & à mon Roi. Puissent-elles contribuer à leur gloire, & étendre le regne de la vertu en la vengeant des outrages qu'on lui fait ! C'est le seul objet que je me propose, & la seule récompense que j'attends. Mes Lecteurs ayant égard au motif qui m'a guidé, daigneront m'accorder leur indulgence.

# *AU ROI.*

NON loin du champ de Mars, au temple de Janus,
Sur les lys triomphans, regne un nouveau Titus ;
Sur sa tête, le ciel affer mit sa couronne ;
Mieux que les droits du sang , la vertu la lui donne
Plus craint pendant la paix que ces fiers conqué rans
Qui vont porter la mort, pour regner en tyrans.

SUR un trône de fleurs à sa droite on admire
Cette Reine qui vint pour orner son empire ;
L'Autriche l'enfanta, comme un bienfait nouveau ,
L'étoile de la France éclaira son berceau ;
Elle guida les pas & les soins de sa mere ,
Qui, formant ses vertus, lui d onna l'art de plaire.

Cette étoile, aujourd'hui, d'un rayon lumineux,

Annonce cet enfant, objet de tous nos vœux,

Et nous dit que le Ciel protecteur de la France,

Par des dons précieux marquera sa naissance.


L'Olive qui fleurit à côté des lauriers,

Brille près du Monarque & ravit les guerriers :

Elle trace des cœurs, des sceptres, des couronnes,

La main de la justice y prépare des trônes,

Pour asseoir les vertus qui regnent dans son cœur,

Où ses heureux sujets vont puiser le bonheur.

Quand Louis porte aux cieux l'éclat qui l'environne,

Son peuple seme en paix les lauriers de Bellone.

Un funeste repos n'engourdit point son bras ;

Il mesure sa force, il s'apprête aux combats.

Peut-il craindre jamais les cris de la nature ?

Que ce peuple est puissant ! l'amour est son armure.

# LES EFFETS

## DE L'ENVIE.

---

## POEME.

# AVERTISSEMENT.

*LE* flambeau de la rébellion ne fut pas allumé en France par la Religion, qui ne prêche que douceur & clémence. C'est à la seule ambition des grands, c'est-à-dire, à leur envie de dominer, que l'on doit attribuer les ravages qui ont désolé trop long-tems ce Royaume.

Pour inspirer toute l'horreur que merite l'envie, je peins le carnage affreux qu'elle occasionna, en fascinant les François par le mot imposant de Religion. Ce Poëme est terminé par la défaite de l'envie détruite par le Ciel. J'y ajoute un mot sur le bonheur actuel de la France, sous notre bienfaisant & vertueux Monarque, aussi admiré des Nations étrangères, que chéri de ses sujets.

On ne sera pas étonné de voir un Militaire consacrer sa plume à soutenir la cause de la Religion & de ses concitoyens, quand on fera attention que la Religion est la source de la plus solide gloire à laquelle on puisse & l'on doive prétendre.

# LES EFFETS DE L'ENVIE.

## *POÈME.*

Viens apprendre, ô mortel ! à connoître l'envie,
De ton plus doux repos l'implacable ennemie ;
De la Religion dérobant le manteau,
Sur les yeux des François elle jette un bandeau.
Souffle en leur sein le feu des discordes civiles,
Pour bâtir un palais des débris de leurs villes ;
Et se flatte en secret que de leur triste flanc,
Va sortir à grands flots un long fleuve de sang ;
Mais pour mieux déguiser ses haines meurtrieres,
Aux peuples présentant de trompeuses lumieres,
Elle ira sur l'autel, d'un bras profanateur,
A nos sacrés flambeaux, allumer sa fureur :

B

» Employons notre glaive à protéger l'Église ;

» Et de l'erreur, dit-elle, arrêtons l'entreprise.

» Laisserons-nous en proie à son avidité,

» Ces florissans États (*a*) où luit la vérité ?

» Contre elle nous saurons tourner ses propres armes :

» Qu'importe que la guerre excite les alarmes ? ...

Le François ébloui par ce prétexte faux,

Ignore qu'elle apprête un déluge de maux.

La rage est dans ses yeux, & le fiel de sa bouche

Va dessécher les fleurs que son haleine touche :

L'orgueil est sur son front, jamais il ne rougit,

Et d'un encens impur sans cesse il la nourrit.

On voit sous ses drapeaux ces ames sanguinaires,

Qu'enfanta sa noirceur en de sombres repaires.

Déjà leurs prompts secours aident ses coups mortels,

Mais le trône en tombant, (*b*) brisera les autels.

Pour défendre l'Église, hélas ! elle l'opprime ;

---

( *a* ) La France : on pourroit dire toute l'Europe, où le Protestantisme faisoit tant de progrès dans ces tems malheureux.

( *b* ) La défense de la Religion & de l'État est presque toujours le masque dont se couvrent les esprits vains & séditieux.

Va-t-elle à la vertu par le chemin du crime ?

O crédule François ! en aveuglant ton cœur,

Elle force tes mains à combler ton malheur.

S'avançant à tâtons par des routes funèbres,

Elle fuit le grand jour & cherche les ténèbres. (a)

Sans doute elle appréhende, en voyant ses forfaits,

Que son bras interdit ne détourne ses traits.

» Si de la soif du sang, l'erreur est dévorée,

» Elle peut, dit l'envie, être désaltérée :

» D'un plaisir fait pour moi, fallut-il me priver ....

» Qu'au sein de ses sujets elle aille s'abreuver.

La grêle sur nos champs cause moins de ravage,

Que ce monstre acharné n'en fait sur son passage.

Nul sexe, nul état par lui n'est épargné ;

Du sang qu'il fait couler, l'enfer est étonné.

La Seine qui le voit souiller son onde pure,

En fuyant son aspect, redouble son murmure.

Les nœuds sacrés de fils & de pere & d'époux

---

( a ) C'est à la faveur de la nuit, que l'envie fit commettre les plus horribles meurtres.

Ont bientôt disparu sous l'effort de ses coups.

Il pénétre par-tout, atteint, ébranle, perce,

Assouvit sa fureur sur les corps qu'il renverse,

Et les entasse au sein des gouffres entr'ouverts,

Qui semblent sous ses traits à ses vœux s'être offerts.

A peine son regard peut compter ses victimes :

Quels crayons assez noirs traceroient tous les crimes

D'un monstre plus affreux qu'un lion rugissant,

Que l'enfer parmi nous vomit en frémissant ?

L'horrible désespoir & la faim dévorante (a)

Conduits par sa fureur, surpassent son attente.

A ce monstre, on diroit que prêtant leur appui,

Ils font tous leurs efforts pour l'emporter sur lui,

    De toutes ces horreurs la nature éperdue,

Pousse des cris perçans & détourne la vue.

L'Église à ses soupirs mêle sa sainte voix, (b)

---

( a ) Les horreurs de la guerre civile surpassent encore tous les désordres des guerres ordinaires.

( b ) La Religion condamne la cruauté, & gémit des outrages qu'on lui fait, en confondant ses principes invariables avec les abus occasionnés par les passions des hommes.

Et se plaint que l'envie attente sur ses droits.
» O démon déchainé, fléau de mon empire,
» Dit-elle en gémissant! Quel monstre me déchire?
» Mes enfants infectés du venin de ses yeux,
» Secondent ses projets croyant venger les cieux,
» Hélas! est-il erreur qui leur soit plus funeste?
Mais son cœur oppressé ne put finir le reste.
L'Océan est moins sourd, quand ses flots en fureur,
Au vaisseau fracassé vont porter la terreur.

L'envie ayant armé le fils contre le pere,
Pour fruit d'un attentat digne seul de lui plaire,
A ce malheureux fils d'un faux zéle abusé,
Elle laisse la honte & l'horreur du passé.
On entend une voix sortant du sombre abyme,
Nous dire que jamais il ne connut ce crime:
La terre lui répond par des mugissemens,
Qui forcent les enfers à plaindre les vivans.

Les tigres & les ours, dans leur rage perfide,
Peuvent s'apprivoiser sous la main qui les guide;

Mais l'envie eſt ſans frein, ſans pitié, ſans remords,

Et veut voir tous ſes pas jonchés de mille morts.

Devenant à la fois aſſaſſin & parjure,

Elle irrite le Ciel, la France & la Nature.....

Ma muſe m'abandonne & mon œil s'obſcurcit,

Tous mes ſens ſont glacés & mon eſprit frémit.

Ciel! un trait meurtrier décoché par l'envie,

Des jours de notre Roi ( *a* ) rompt la trame chérie!

» Ah! dit-il, mes ſujets, mon trépas ſeroit doux,

» S'il pouvoit de ce monſtre appaiſer le courroux ...

Des ſoupirs s'exhalant de ſa bouche expirante,

Nous retracent l'état de ſon ame ſouffante.

L'excès de ſa tendreſſe eſt toute ſa douleur;

L'envie en le frappant, n'a bleſſé que ſon cœur.

La mort de ce bon Roi, ſans doute, eſt ſon ſalaire,

Peut-elle ſe payer d'un forfait ordinaire?

Ce qui manque à ſes traits, eſt atteint de ſes yeux;

---

( *a* ) HENRI III. Quoique l'hiſtoire nous inſtruiſe de cet attentat horrible, on a peine à croire qu'il ait exiſté des ames aſſez noires pour aſſaſſiner des Rois, qui ſont les images de la Divinité.

Que ne puis-je, dit-elle, embraſer tous les lieux !

En eſt-il à l'abri de ſa rage cruelle ? (a)

Si le tems la détruit, le tems la renouvelle.

Tout nous peint ici bas ſon courroux inouï ;

Mais le cœur qui la flatte eſt le premier puni :

Des traîtres, des tyrans, ſe rendant le complice,

Elle exile, elle enchaîne & conduit au ſupplice

Les Princes, les ſujets, qui frappés de ſes coups,

Dans les plus vifs tourmens, meurent à ſes genoux.

Peut-être que le Ciel en eût purgé la terre,

S'il n'eût vu que ce monſtre épargnoit ſon tonnerre.

Oui, Paris pleure encor ſes infames excès.

Combien, dans ſon enceinte, il commit de forfaits !

Jours de calamités.... opprobre de l'hiſtoire,

Qui des braves François virent ternir la gloire !

Jours de larmes, de deuil, & que la vérité

Tranſmet avec douleur à la poſtérité !

Puiſſe le tems vengeur anéantir leur trace !

---

(a) Perſonne n'ignore combien l'envie a immolé de victimes en tout pays, & ſur-tout en France, ſous une fauſſe apparence de zele ou de juſtice.

Mais il eſt des forfaits que jamais il n'efface.

Le meurtre, le déſordre auroient terni nos jours,

Si le Ciel attendri n'eût arrêté leur cours;

De la France éplorée il entend la priere :

Auſſitôt ſur ſa tête éclate ſa lumiere ;

» Qu'elle apprenne, dit-il, que mon bras tout puiſſant

» Déſarme le coupable & déteſte le ſang,

» Que la Religion, ferme appui de mon trône,

» Pour les cœurs vertueux prépare une couronne ;

» Elle, qui gémiſſant de l'erreur des mortels,

» Des larmes qu'elle verſe inonde ſes autels.

» L'aimable vérité, toujours pleine de charmes,

» La perſuaſion ſont ſes uniques armes. (a)

La France dont le Ciel déchire le bandeau,

Voit l'envie occupée à creuſer le tombeau,

Où ſes tendres ſujets deſcendoient tous en foule,

Submergés dans le ſang qui de leur ſein découle :

––––––––––––––––––––––––––––––––––––––––

( a ) Ce n'eſt ici qu'une foible eſquiſſe du portrait que les Livres Saints nous
font de cette Reine des cœurs. L'impiété s'efforce de lui ravir les hommages
qui lui ſont dus, en lui imputant des forfaits dont elle eſt innocente.

Elle

Elle alloit aux remords abandonner son cœur,
Lorsque son regard s'ouvre aux rayons du bonheur,
Par lui s'éteint le feu de la guerre civile;
Des cendres de Paris renaît une autre Ville;
Le Soleil éclatant sur son char radieux,
Se hâte de montrer ce triomphe à nos yeux.
Des fruits de la nature il presse la naissance,
Et l'univers charmé voit fleurir l'abondance.
Les ruisseaux dans leur cours en se précipitant,
Instruisent les vallons de leur bonheur naissant.
Sur des près émaillés va serpenter la Seine,
Qui fuyoit tristement, en rampant sur l'aréne.
De l'aveugle François le sang ne coule plus,
Les crimes de l'envie ont fait place aux vertus.

Le Ciel a subjugué ce monstre formidable,
Que la France croyoit devoir être indomptable.
Dans les bras de la gloire elle goûte les fruits
D'une paix qu'affermit le regne de Louis;
Ce Monarque chéri, ce Roi digne de l'être,

C

Qui déja regne en Pere, & qui gouverne en Maître.

L'envie oſeroit-elle aborder ce ſéjour

Gardé par ſes vertus, ſes bienfaits & l'amour ?

# TRIOMPHE DE MARIE

*Et dévouement de la France à cette Auguſte Mere.*

## O D E.

DE quelle étonnante merveille

Me vois-je tout-à-coup frappé !

Du ſpectacle qui me réveille,

La pompe ne m'a point trompé.

Dans mon extaſe, je m'écrie !

N'en doutons point ; oui, c'eſt Marie

Que je vois au milieu des airs ;

A cette Vierge triomphante,

Les Cieux, objet de ſon attente,

Par le Très-Haut vont être ouverts.

Cette puissante Protectrice,
Qui de l'homme change le sort,
En domptant l'enfer & le vice,
Triomphe même de la mort.
Son corps devient incorruptible,
Comme son ame inaccessible
A tous les efforts du péché;
Et tout éclatant de lumiere,
Il sort du sein de la poussiere,
A laquelle il est arraché.

Oui, cette Vierge incomparable
N'éprouve point l'arrêt fatal
Que Dieu lance sur un coupable,
Qui veut se rendre son égal.
La foudre gronde, & la tempête,
De Marie épargne la tête.
Rien ne ternit sa pureté;
Le péché la craint & se cache;

Elle est exempte de la tache,
Qui souillera l'humanité.

Aux pieds du trône de sa gloire,
Fume l'encens de l'univers :
Le Ciel ravi de sa victoire,
Remplit nos sens de ses concerts.
Le Firmament, la Terre, l'Onde
Pleins de l'ardeur qui les seconde,
Nous enrichissent de leurs dons :
La fleur des champs dans sa parure,
Et tous les fruits de la nature
Volent au devant des saisons.

En tous lieux les chants d'allégresse
Célébrent la Reine des Cieux,
L'enfer désarmé nous confesse
Que son bras est victorieux.
Elle vient de briser la chaîne

Qui captivoit la race humaine ;
Sa main, pour venger l'Éternel,
Renverse l'idole du crime :
Le cœur est la seule victime,
Qu'elle immole sur son autel.

La Cité Sainte est sa patrie,
Ses yeux sont-ils faits pour les pleurs ?
En les fermant à cette vie,
Elle nous laisse ses faveurs.
France reconnois ton asyle,
Sur cette mer reste tranquille,
Contre toi que peuvent ses flots ?
Une Vierge arrête leur rage,
Ils expirent sur ton rivage
Que respectent tous les fléaux.

Elle protège ton Empire,
Dans son appui vois ton pouvoir ;

Ton amour saura te prefcrire

La mefure de ton devoir.

LOUIS occupe fa tendreffe,

Sans que pour lui ton cœur la preffe,

Cette Mere auprès de fon Fils,

Veille à la gloire de fes armes,

Empêchant que jamais les larmes

N'arrofent la tige des lys.

Nos Monarques font leurs délices

De t'offrir leurs États divers :

Reine aimable, fous tes aufpices,

Préferve-les de tous revers.

Ils entendent que ta clémence

Leur affure ton affiftance ;

Le Ciel en ce glorieux jour,

T'ouvrant les portes éternelles,

'A leurs ames prête des aîles,

Pour te fuivre au divin féjour.

Tu vois la guerre qui s'allume,
Soutiens le bras de nos Héros,
L'amour, qui pour toi les confume,
En leur main place tes drapeaux.
Qu'à leur afpeſt l'ennemi tremble;
Que mille traits lancés enfemble
Renverfent tous fes vains projets!
Mais, que dis-je? Vierge admirable,
Puiffe la paix fi défirable
Être le fruit de tes bienfaits!

Que le triomphe de Marie,
Rende le calme à nos climats!
Par lui la piété chérie,
Confervera tous fes appas.
France, à ta mere fois fidele;
Pour elle fignale ton zéle;
Qu'à fon Autel ta vive foi
Brûle du feu de ta priere;

A

A jamais honore la Mere
De l'Auteur de ta Sainte Loi.

# INGRATITUDE DE L'IMPIE
## ENVERS DIEU.

## *O D E.*

Jusques à quand, aveugle impie,
Te fignalant par des horreurs,
Te verrons-nous couler ta vie
Dans un cahos de mille erreurs ?
Puiffes-tu voir le fombre abîme,
Que fous tes pas creufe le crime !
Il feroit prêt à t'engloutir,
Si Dieu, fufpendant fa colere,
N'avoit pitié de ta mifere,
Pour t'inviter au repentir.

FERMANT l'oreille à fes Oracles,

Si tu nous dis dans ta fureur,

Que tu doutes de fes miracles,

Ta bouche, ingrat, dément ton cœur.

Mais que l'univers te réponde,

Que fa voix feule te confonde,

A chaque inftant il parle aux yeux,

Et te dit que fon exiftence

N'eft qu'un effai de la puiffance

Du Dieu de la Terre & des Cieux.

QUAND ton orgueil fur fes myftères

Jettant un regard criminel,

Ofe foumettre à tes lumieres

Les ouvrages de l'Éternel,

Loin de punir ta fiere audace,

Son filence annonce ta grace,

Et le Ciel paroît plus férein.

Penfe-tu qu'en juge inflexible,

Armé de fa foudre terrible,
Il vienne t'écrafer foudain?

L'HOMME fe venge, un Dieu pardonne :
Par tes pleurs lave tes forfaits;
Il t'affeoira près de fon trône
Où l'amour regne avec la paix.
Toujours préfent à fa mémoire,
A te fauver il mit fa gloire.
Quoiqu'embraffant l'immenfité,
Seul il fe fuffife à lui-même,
Il femble à fon bonheur fuprême
Qu'il manque ta félicité.

ARRÊTE donc efprit rébelle,
Je vois la foudre dans les airs
Qu'une main tendre & paternelle
Daigne convertir en éclairs.
Le Ciel deviendra ta conquête.

En t'accusant, courbe la tête,
D'un cœur contrit & pénitent :
Écoute la voix qui te crie,
Que l'Homme-Dieu donna sa vie
Pour te sauver en expirant.

# SENTIMENS
## D'UN MILITAIRE CONVERTI.

Entrainé par l'appas de l'exemple perfide,
Où le vice funeste en ses conseils préside,
Je me livre au plaisir, sans mesure & sans frein;
Son charme séducteur dirige mon destin.

Tout semble, autour de moi, seconder mon ivresse:
Je n'entends plus la voix de l'aimable sagesse;
De frivoles objets mon esprit se repaît,
Hélas! Fut-il jamais un instant satisfait?
L'exemple corrupteur étalant ses maximes,
Me déguise en vertus de véritables crimes.
Contre les vifs remords qui tourmentent mon cœur
Je me fais un rempart de sa coupable erreur.
Esclave de mes sens, je voudrois ne pas croire;
Mais la vérité vient s'offrir à ma mémoire,
Et me dit: doute-tu qu'un Dieu plein d'équité,

N'arme un jour son courroux contre l'iniquité ?

Apprends que l'Éternel auteur de la justice,

Couronnant la vertu, n'épargne pas le vice.

Quoi ! Pouvois-tu penser, en écoutant l'erreur,

Qu'il placera le juste à côté du pécheur ? . . . . . .

Mais, parmi les éclairs que fait briller sa foudre,

Elle me montre un Dieu toujours prêt à m'absoudre.

O jours infortunés ! Quel eût été mon sort,

S'il ne m'eût retiré des ombres de la mort ?

Ce Maître bienfaisant pressé par sa tendresse,

Pour m'attirer à lui, m'invite & me caresse :

Il use de clémence, il tempère sa Loi,

Pour regner sur mon cœur plus en pere qu'en Roi ;

Il mesure ses dons sur mes ingratitudes,

Et change mes penchans en saintes habitudes :

Sa grace en un clin d'œil convertit en douceurs

Mes soucis, mes remords, mes larmes, mes terreurs.

Semblable au matelot qui, sauvé du naufrage,

S'endort paisiblement sur le bord du rivage ;

Au sein de la vertu je goûte cette paix,
Qui pour l'ame fidelle eut toujours tant d'attraits;
Je me sens inondé d'un torrent de délices,
Et le Ciel me reçoit sous ses tendres auspices.

Mais hélas! Tout l'enfer jaloux de mon bonheur,
Aiguise contre moi les traits de sa fureur,
Par mille illusions m'agite & me tourmente;
Le crime à mon esprit sans cesse se présente.
Tel qu'un arbre placé sur le bord d'un torrent
Lutte contre les eaux & la fureur du vent,
Je m'arme, je combats, j'hésite, je chancelle,
A la vertu doutant si je reste fidele.
Dans le trouble subit qui pénétre mes sens,
Je n'apperçois en moi que des feux renaissans:
Mais Dieu qui m'éprouvoit, me dit, c'est pour ta gloire,
Tu combats sous mes yeux crains-tu pour la victoire?
Aussi-tôt je réponds; mon Dieu plutôt des fers,
Que regner loin de toi sur cent peuples divers!
Sur la terre il n'est pas de si grand sacrifice,

Que pour toi chaque jour mille fois je ne fisse!
Fallut-il éprouver les plus affreux tourmens,
L'amour seroit le cri de mes jours expirants.

Le

# LE DANGER DE L'AMOUR.

Dalila, de Samson avoit juré la perte,
Il s'endort dans ses bras, son ame s'est ouverte;
L'amour, qui le captive, arrache son secret,
Le ciseau sur sa tête, il tombe, il est défait.
Mortels, fuyez l'amour, des fleurs cachent sa chaîne,
Il nous attire à lui par la voix du desir;
Mais dès qu'un jeune cœur a senti son haleine,
Il éprouve aussi-tôt le cruel repentir.
Du chemin qu'il choisit, le penchant est rapide:
Il y marche en entrant d'un pas foible & timide;
Mais bientôt il se hâte, il cherche le bonheur,
Le bandeau sur les yeux, il ne voit point l'abîme,
Tout obstacle est franchi par sa tendre pudeur,
Et souvent dans la route il est pris par le crime.

E

# AVERTISSEMENT.

L'Épître suivante parvint à M. de Voltaire ; mais je ne crus pas devoir la faire paroître de son vivant. Je n'y ai employé que des couleurs puisées dans le fond du sujet, & placées par la main du sentiment. Son pinceau produit toujours les plus grands effets : il ménage l'amour-propre, & prépare une victoire assurée à la vérité.

# ÉPITRE A M. DE VOLTAIRE.

Voltaire, qui croira dans la postérité,

Que ton esprit fécond combat la vérité?

Vers ton cinquième lustre aux traits de sa lumiere

Il s'échauffe, il s'allume, & souvent nous éclaire. (*)

Plus d'un jour on te vît, respectant notre foi,

---

(*) *Voltaire, dans sa Henriade, un de ses premiers ouvrages, s'exprime ainsi :*

CH. VII.     A ta foible raison garde-toi de te rendre,
                   Dieu t'a fait pour l'aimer, & non pour le comprendre. . . .

CH. X.       La puissance, l'amour avec l'intelligence
                   Unis & divisés composent son essence. . . .

CH. X.       Il avoue avec foi que la religion
                   Est au-dessus de l'homme & confond la raison.
                   Il reconnoit l'église ici bas combattue
                   L'Eglise toujours une & par-tout étendue,
                   Libre, mais sous un chef, adorant en tout lieu
                   Dans le bonheur des Saints, la grandeur de son Dieu.
                   Le Christ de nos péchés victime renaissante,
                   De ses élus chéris nourriture vivante
                   Descend sur les autels à ses yeux éperdus,
                   Et lui découvre un Dieu sous un pain qui n'est plus. . . .

*Je n'ai ajouté ces citations qu'à l'édition, ayant jugé que Voltaire qui avoit peint ces grandes vérités avec tant d'énergie, n'avoit pas besoin qu'on les lui mît sous les yeux.*

Lui payer un tribut que t'impofoit fa loi.

Tu connois fes tréfors, ton cœur les apprécie,

Quelle force en leur fein puiferoit ton génie !

L'univers, qui par lui fut fans ceffe échauffé,

Verroit l'erreur vaincue & le vice étouffé.

Ton feu toujours actif en ton hyver petille,

Pour égarer nos pas, pourquoi faut-il qu'il brille ?

Le fentiment te parle & fa voix te fuffit

Jamais fut-il befoin d'éclairer ton efprit ?

Toi, qui l'affranchiffant de la route ordinaire,

Pénétres de la foi l'augufte Sanctuaire :

Là ton ferme regard mefure fon contour ;

Notre travail d'un an ne te coute qu'un jour.

L'Éternel t'avoit fait pour inftruire la terre ;

Mais au lieu de leçons, tu lui portes la guerre.

Je ne viens point ici flatter ta vanité,

On ne monte au vrai bien que par l'humilité ;

L'enfer créa l'orgueil pour peupler fon empire,

Et jamais la vertu près de lui ne refpire.

Il enfante le crime, & conduit à l'erreur,

En jettant sur nos yeux un voile séducteur.

Si, cédant à ton Dieu, tu deviens sa conquête.

Quel bien pour les mortels ! pour le Ciel quelle fête !

Ce Monarque puissant jaloux de ton retour,

Fait taire sa justice & n'entend que l'amour.

Du soleil, qui t'éclaire, il retarde la route ;

Il semble l'arrêter dans la céleste voûte :

D'une main sur ta tête il tient les cieux ouverts,

De l'autre loin de toi recule les enfers.

De ses arrêts sacrés sa parole est le gage ;

Sa lumiere chez toi préviendra le naufrage.

Il aime à pardonner : ses bienfaits te l'ont dit ;

Sur l'aveugle pécheur sa tendresse gémit.

A le frapper de mort il ne peut se résoudre ;

Pour annoncer sa grace, il fait gronder sa foudre.

Son bruit est un accent que profère son cœur ;

VOLTAIRE, c'est un Dieu, que nous peint sa douceur.

Pourroit-il dans ton cœur établir son empire,

Sans inftruire & toucher l'Europe qui t'admire !

Chacun s'écrieroit en voyant ton retour,

Il eft, n'en doutons point, l'ouvrage de l'amour :

Par fes dons on fçait plaire au monarque fuprême ;

La crainte fait l'efclave, à peine il fçait s'il aime.

Il tremble, il s'humilie, & tous fes fentimens

Aux yeux de l'Éternel ne font qu'un foible encens.

Auguftin, ce Docteur, que l'églife révére,

Ce flambeau lumineux, qui par-tout nous éclaire,

S'agite dans fes fers, & combat fes remords :

Tout l'enfer contre lui fait mouvoir fes refforts :

Sortant de fon fommeil, il entrevoit l'aurore

De ce jour defiré, que fes pleurs font éclore.

A fa vive lueur il court brifer fes nœuds,

Et par le repentir éteindre tous fes feux.

Le bienfait qu'il reçoit, encourageant fon ame,

Il vole en tous les lieux pour y porter fa flamme.

Son exemple eft un aftre, & les cœurs endurcis

Par fes rayons perçans bientôt font attendris.

La main qui gueriſſoit ſa bleſſure profonde,

Porte la joie aux Cieux & la lumiere au monde.

Le vil reſpect humain n'enchaîna point ſon cœur;

VOLTAIRE, Qu'il eſt grand d'avouer ſon erreur !

UN ſoupir vertueux de ta bouche éloquente

Diſſipera l'effroi de la vertu contente :

L'éclat à ſon aurore accompagna ſes pas,

Devoit-il s'éclipſer au moment du trépas,

Diroient nos cœurs frappés de ta fin déplorable,

Si tu te refuſois à ton Dieu favorable ?

Sa grace te convie, il preſſe ta raiſon,

De voler à ſes pieds recevoir le pardon.

Abandonnant ta Cour, monte ſur le Calvaire,

A la place d'un Juge, on trouve un tendre Pere.

Son ſang qui fume encor pour laver nos forfaits,

De l'enfer en courroux repouſſe tous les traits.

PLEURE, ſonde ton cœur, courbe-toi ſous la cendre.

Dans le ſombre tombeau bientôt tu vas deſcendre.

*Ce mot m'eſt échappé.... Pardonne à ce guerrier*

Qui veut unir pour toi les palmes au laurier :
Sa main, quoique novice, orneroit ta couronne
Des fleurs de la vertu que la vérité donne.

# ESSAI DE MORALE.

Dans le lit du trépas un funèbre flambeau
Fait éclore à nos yeux un monde tout nouveau,
Des objets féducteurs découvre la furface,
Le voile eft déchiré, le faux brillant s'efface :
On croyoit ici bas devoir être immortel,
Notre afyle étoit moins un palais qu'un autel,
Où l'encens qui fumoit aux regards de l'envie,
Aveugloit le mortel & flattoit fa folie,
En lui cachant les fers dont il fentoit le poids :
Ses penchans criminels étoient fes feules loix.
A peine croyoit-il un Dieu que tout annonce,
Entendoit-il fon nom que tout être prononce.
Sur fon aveuglement que lui diroient mes vers?
D'un

D'un ton plus expreſſif nous parle l'Univers:
C'eſt un livre où l'on voit ſa grandeur, ſa puiſſance,
Sa beauté, ſa juſtice & ſur-tout ſa clémence.
Il eſt juſte, il le faut : pouroit-il être Dieu ?
Cette vérité ſainte eſt écrite en tout lieu.
Voudroit-on, qu'endormi ſur ſon trône adorable,
Il traitât l'innocent ainſi que le coupable ?
Que laiſſant à leur gré marcher les élémens,
Ils fuſſent dans leurs cours incertains & flottans ?
Une inviſible main les conduit ſans relâche,
Et le ſeul inſenſé nous dit qu'elle ſe cache.
Ses doigts ſont imprimés ſur le foible ciron.
Malgré ſa petiteſſe, il laſſe la raiſon.
Pourroit-elle exprimer par quel art la nature
A formé de ſon corps l'étonnante ſtructure ?
Comment ſon ſang qui coule en cent canaux divers,
L'éloigne quelque tems de l'approche des vers.

Tout périt, on le ſçait, tout rentre dans la terre,
Pour rendre ſon hommage au Maître du tonnerre,

F

Lui feul eft Éternel; ce monde limité,

Qui n'eft qu'un vil atôme en fon immenfité;

Nous dit en s'écroulant que Dieu feul immuable

Sur fon trône élevé demeure inébranlable:

Chaque âge, chaque état, que dis-je? chaque inftant,

Lui porte fon offrande en s'évanouiffant.

*F I N.*